빈 잔들의 향연

박각순

충남 천안 출생.
여수 석유화학단지 내 정년퇴임.
전남대 평생교육원 문예창작 과정 수료.
2012년 《문학춘추》 시로 등단.
한국문인협회 회원. 문학춘추작가회 회원. 전국문인회 여수지회 회원. 전남문인협회 회원.
여문돌 동인.
시집 『향기 속으로』 『꿈속으로』 『당신 곁으로』 『내 곁으로』 『마음속으로』 『여보야』.

빈 잔들의 향연

—

초판 1쇄 2021년 11월 11일
지은이   박각순
그린이   정미경
펴낸이   김영재
펴낸곳   책만드는집

—

주소   서울 마포구 양화로3길 99 4층 (04022)
전화   3142-1585 · 6
팩스   336-8908
전자우편   chaekjip@naver.com
출판등록 1994년 1월 13일 제10-927호
ⓒ 박각순 · 정미경, 2021

—

—

ISBN 978-89-7944-778-1 (03810)

빈 잔들의 향연

향연

박각순 시화집

박각순 시
정미경 그림

책만드는집

나의 세월이 어떻게 지나갔을까?

숨 가쁘게 달려온 칠십 년
뒤돌아보니 발자국마다 사연이다

가야 할 길 안개 속 미로
쉬엄쉬엄 주변도 살피며 가야 하리

두 눈 크게 뜨고
두 귀 활짝 열고

가다 가다 보면
안개에 가려졌던 길 태양 빛에 열리리라

2021년 가을
박각순

2부   동백꽃 향기에 묻힌 위스키

3부   적막 그 외로움

4부   사랑꽃을 심은 사람

5부 　그녀의 아침

1부
하루가 넉넉한 날이었다

마음을 비운다

사천에 있는 성광정사의
문을 들어섰다
포대화상과 서있는 석가 불상이
빙그레 미소를 짓는다

노송 몇 그루가 입었던 것들
세월의 허망 허상을 깨달았는가
바닥에 수북이 내려놓았다

대웅전에 향을 피우고
삼배를 올리니
부처는 말없이 미소만 짓는다

그 모습 알미워 무엇이든 절값을 달라니
꿀 먹은 벙어리다
주지 스님을 만나니 그제야 절값을 준다

언제나 마음을 비우고
맑고 깨끗하게 하란다

첫눈 내리는 오후

긴 겨울
오후
화양면 하늘 그 어디서부터
하늘하늘
고운 눈송이 춤을 춘다

왜 이리 설레는지
그때 누군가가 곁에서
나풀, 나풀대는 눈송이가
너의 속마음이라는 걸

세월이 지나도
너의 하얀 마음 지울 수 없네

운암사의 적막

입춘이 지난 따스한 늦겨울
옥룡계곡을 오르다
왼쪽 길로 조금 지나면
산등선 너머로 누런 부처가 보인다

코끼리 두 마리를 앞세우고
곧 걸어 나갈 듯한 자세다
계곡에 흐르는 시원한 물
한 사발 보시하곤 다시 자연으로 보내고
찾아드는 민생들 마음 어루만져 준다

대웅전 뒷길을 조금 오르면
동백 고목이 작은 숲을 이룬다
이제 막 피었던 꽃들이
향기를 꽃잎 속에 숨기고
바닥에 앉아 새 색시 흉내를 하고 있다
능선 자락에 올라서니
먼 옛날 도선 스님 법문 소리가 들리는 듯하다

Jung mi kyung
2019

바람 1

억세게도 모진 바람이
늙어 서리를 허옇게 뒤집어쓴
두 발 달린 짐승을
마구잡이로 흔든다
더 내려놓을 것도 없거늘

잠에서 깨어나라는 걸까
남에게 받은 것이 많으니
내놓으라는 걸까
평생을 남으로부터
얻어먹고 살아온 내가
흥국사의 법당에 앉아
웃고 있는 부처에게
세상 사는 지혜를 물어본다

부처님 가라사대
내 손을 보아라
내가 손으로 무엇을 말하느냐

있는 듯하나 없는 것이고
없는 듯하나 있는 것이다
있는 것도 없는 것도
보이지 않는 바람이다

시 먹기

받아놓고
읽지 않은 시집이 산이 됐다
바라볼 때마다
안 먹어도 배가 부른 것 같고
한 장 한 장 눈 속에 넣자니
그간의 게으름이
더 큰 산이 되어 짓누른다

이런 때가 있었다

먼 어린 시절
방학 내내 놀다가
학교 갈 날이 다가오면
미친 듯이 숙제하기 바빴던 때가 있었다

지금이 식욕이 돋는 계절이다
여지껏 먹어보지 못한 음식이
산더미같이 쌓여있는데
하나하나 음미하며
미친 듯이 먹어보자

허물

늘 함께하던 그 옷
한 겹 두 겹 몸에 걸쳤다

고희의 창날이

눈앞을 겨루고야
무거운 옷들 하나하나 벗는다

옷을 벗는 순간부터
나는 내가 아니었다
내가 추구했던 모든 것들이
마네킹이 됐다

마음 깊은 곳에 있던
허무의 욕망
만날 기약 없이

동구 밖으로 내몰며
허리 숙여 인사한다

내 인생의 전부

긴 세월인 듯하나
돌아보니 짧다
오고 갔던 인연들이
그럴듯해 돌아다보면
모두가 흐르는 구름이다
소리 없는 마음을 주워 담아
바짝 말려 꽁꽁 묶은 것이 다섯이다
이 또한 돌아보니 하나의 구름인데
우리의 인생

구름 같지 않은 것이 어디 있으랴
살아있으니 마음이 있고

그 마음 다독여
실타래 풀어내듯
김삿갓 흉내 내며 놀아보자

봄이야

주말에 기대어 달려오는
봄소식에
꽃들이 주렁주렁 매달렸다
따스한 햇살이
잠자는 꽃들을 깨웠나 보다

멀리 어딘가 있을 그녀의 향기가
봄 향기 타고
입 안을 더듬고 콧속으로 스미는 건
저 햇살 혼자만이 하지 않았으리라

가슴을 방망이로 두들겨
둥둥 소리가 나는 것도
저 엉큼하게 미소 짓는
햇살 저 혼자만은 아닐 것이다

고락산의 수채화

춘삼월 해거름
고락산 초입 활터에서
해를 등지고 계단을 밟으며
잔뜩 움츠린 햇살
하나하나
발자국 밑에 감추며 오른다

폐 속 깊이 빠르게 드나들던 바람도
시원한 생수 몇 모금에
검게 녹슨 터널도 씻겼는지
들어가고 나오는 것이 순조롭다

해는 안심산 너머에
반쯤 몸을 숨기고
하늘을 붉게 물들이며
한 폭의 수채화를 바닥에 깔아놓는다

휴지

나는 모든 것을
지울 수 있고 닦아낼 수 있는
그런 능력을 갖고 있다

나는 하얀 천사
부드럽고 보드라우며 향기가 깊다
가끔 화려한 옷을 입는 걸 좋아한다

나는 누구의 손길도 거절하지 않는다
늘 곁에 있으나 있는 듯 없는 듯
물 타면 물이요
바닥을 닦으면 걸레다

네가 나이고
내가 너다

Jung mi kyung
2020

활짝 핀 꽃

모처럼 일찍 일어나
베란다 쪽 창문을 여니
활짝 핀 서양란이 확 감겨 안긴다

한 달도 훨씬 지난 늦겨울
문협 회장과 사무국장이 보내준
출판 축하 기념 화분이다

오늘
아침에 나를 맞이하려고
얼마나 애태우며 기다렸을까
가슴이 찡하며 그리운 영상이 펼쳐진다
꽃잎마다
문협 회원 얼굴이 얼비친다

종량제 봉투

종량제 봉투에
주섬주섬 담아야 할 것들이 많다
새 봉투를 들고 눈 가는 곳을 보니
저걸 버려야 하나 망설여진다
한때는 혼신을 다해 만들었는데
그래도 버려야겠지

향기 속으로
꿈속으로
당신 곁으로
내 곁으로
마음속으로
봉투가 반쯤 찬다

무엇으로 채워 버릴까
제일 가까운 것
녹슨 정신을 담으면 꽉 차겠다

이제야 가볍다

문학 기행

군대 선배 고향이
경남 거창 산골이라 했다
문학 기행으로 좋은 곳
설레는 마음 하나 보탠다

용추폭포의 물은 보석으로 뛰어내리고
깊이 바닥까지 잠수하고 올라온 물은
옥빛으로 시원하게 세안시켜 준다

원학동 수승대 계곡의 물로 빚은 맑은 술로
찌든 속을 씻으니
옛 선비들의 마음이 엿보일 것 같다

곳곳 흐르는 물이 금수요
걸터앉으니 정자라
여기가 저기 같고 저기가 여기 같아
모두가 하나의 풍경

발길마다 봄빛이 깃들었다

봄

봄이 온다는 입소문을
귀동냥으로 들은 지 수일이다
입춘의 문을 열고

동구 밖 길목에
자리 펴고 앉아 맞아들일 일이다

매화가 지나가고
여기저기 진달래 개나리가 지나가고

벚꽃마차도 꽃잎 뿌리며 지나지만
나의 봄은
개울을 건너다 그만 떠내려갔는지
주막네 치마폭에 잠들었는지
차가운 바람만
단추 풀린 가슴을 파고든다

정미경
2018

신발

이것이 고무신일까
달리기 좋은 운동화일까
발가락에 끼는 샌들일까

내 녹슨 발에
알지 못하는 것이 감겨있다
칭칭 감겨있는 것이
쉽게 벗어버릴 것이 아닌 것 같다

들여다보니
동백의 붉은 꽃잎 같고
이슬 먹고 피어난 매화꽃 같아
향기가 가슴을 진탕질하니
곡성의 장미꽃밭이다

지금 도깨비 신발 하나
환하게 웃고 있다

허수아비

인간의 모습이라
본래 가진 것이 아무것도 없는데
곁에 붙어있는 것이 제 것인 줄 안다
머리는 텅 비어있어
잡돌만 가득 채워놓고
누덕누덕 기운 주머니에
누런 떡잎과 배춧잎 채워놓고 으스댄다

본래 올 때도 갈 때도
아무것도 없이 빈손인걸
거둬 간 들녘은 새조차 들지 않는데
두 팔 벌려 안으려 한다
내려놓고 벌려두면
머릿속 돌 하나 뛰어내린다

인연 줄

주변에 친구 없다 하지 마라
인연 줄 하나 풀어놓으면
덥석 잡고 딸려 온다
제 놈도 인연 줄 하나 나에게 던진다
처음엔 가느다란 실줄

오고 가는 실줄이 많아져
동아줄처럼 굵어지면
끊을 수 없는 질긴 줄이다

여기저기 살펴보면
줄을 잡으려 아우성이다
남의 줄 잡으려 애쓰지 말고
내가 갖고 있는 줄 풀어놔라

그 줄이 네가 가진 재산이다

의자

늘 나는
그 의자에게 인사했다
습관 되어 몸이 그렇게 시켰다

나도 의자가 하나 생겼다
내가 했듯이
남들도 내 의자에 인사한다

인사하는 얼굴들이 연극 무대 배우다
너도 배우 나도 배우

아, 저 의자 저기가 주연인데

jung mi kyung
2010

어디선가 온 곳으로

어디에서 왔을까
알 수 없는 그곳으로 돌아갈 때
이곳에서 머문 흔적이 남을까

욕심으로 채워놓은 수많은 가방들
그 하나하나에
내 모두를 쏟아부었지

가방 지퍼를 열고 속을 들여다보니
내 것은 하나도 없고
전부 남의 것 뺏어 채우고
훔쳐 채운 것들이다

내가 가져가야 할 것은

전부 돌려주고
그들에게 용서를 빌고 받은 사랑을
저 하늘 구름에 버무려
세상천지에 사랑비로 내려주고
올 때처럼 가리라

빈 술잔

정년을 맞아 물러난 지도
십여 년
가끔 무여서 술잔을 들어 올려도
빈 술잔 하나 덩그렇게 놓여있다

술잔에 담겨있는 추억
안주 삼아 씹어도
비워진 술잔은 한결같이 허공이다

구석진 곳 그늘 한 아름 베어다
자리 펴고 누워
흐르는 하늘 강 고기들 헤어본다

비어버린 술잔만 맴돌 뿐
채워지지 않은 지워진 향기만 아롱거린다

2부

동백꽃 향기에 묻힌 위스키

미안해

세상살이가
네 마음도 내 마음도
서로의 바람이 하나가 되어도
사는 건 하나가 아니란 걸 알았다

내 모든 걸 너에게 주었는데
허깨비 같은 허무뿐이다
그 어디에도 남겨진 건
하나 없이
그림자마저 지워진
빈 술잔이다

봄의 맛

따스한 햇살이
살랑살랑

아지랑이 얼음꽃 사이 돌아
나들이 나섰네

동장군 무서워
머리카락 보일라
꼭꼭 숨어있던
냉이 쑥 달래 두릅이
화사하게 치장하고 거리에 나섰네

냇가에 송사리 사랑놀이 훔쳐보던
버드나무도
몰래 파란 잎을 매달았고
할머니 흉내 내던 버드나무도
주렁주렁 에메랄드 보석 달고 춤을 추고
옹기종기 모여 살던 클로버도
다이아 반지를 들었다

눈도 코도 입도 가슴도
붕붕 떠올라 뭉게구름 위에 누웠네

칠십 먹은 형수

나이 삼십 후반에 홀로되어
사 남매 키워 짝지어 보내고
칠순 맞아 자식들 주렁주렁 달고
여수 사는 시동생 찾아왔다
배불뚝이 시동생
두 팔 벌려 안고는 아직도 튼실하구먼
고운 모습 간데없고
체면치레 잊어버린 칠순 할매다
가끔 활짝 웃을 때는 옛 모습이 보인다
어찌하랴 가슴이 싸하니 아려오며 깊은 숨이
차려진 술상 위에 내려앉는다
맛난 것 자기는 먹지 않고
술은 안주를 많이 먹어야 한다며 내 앞에 놓는다
십 년 후에도 더 먼 후에도
한결같이 오늘 같은 형수여야 한다고
술 한 잔 받들어 올렸다

국가대표

선소 앞 신호등 옆
1인 11,800원
무한리필 돼지고기 집
국가대표 출전했다
관중석의 애주가들 위해
소주 맥주 2,000원

고기도 모두가 애호하는
특수 부위
관람석에서 즐기는 주당들
얄팍한 지갑 걱정 없이
빈 술병 탁자 밑에 쌓여만 간다

여수의 꿈

문학 기행으로 군산시 일부를 둘러봤다
옛 일제시대부터 현재까지
세관 업무의 자잘한 것들부터
근대 역사박물관이며 일제의 수탈을 위한 시설물들
기억 속의 시간을 둘러보았다
금강 하류에 자리한 문학관은
그 경관도 일품이지만 규모가 대단하다
주변에 조성된 공원도 잘 관리되고
주차장도 넉넉하다
해양관광도시 우리 여수도
관광 1번지로 유명세를 떨치고 있지만
기행을 다닐 때면 아쉽기만 하다
박물관 미술관 문학관이 있는
그날을 꿈꾸어 본다

수레 미는 할머니

더 이상 굽어질 수도 없이
굽어진 허리가
조그만 손수레 손잡이 높이다
변형된 짐칸에는 폐지들이 재여있다

어린아이 걸음마 하듯
조심스레 수레가 앞으로 나간다
학동 진남시장 주변을 한 바퀴 돌면
해가 화양면 쪽 안심산 봉우리에 걸리고
수레의 손잡이 근처까지
파지가 허름하게 걸쳐있다

가로등 불빛이
낮과 밤의 기로에 있을 때
쇠똥구리 제 몸보다 더 큰 쇠똥 굴리듯이
수레를 밀고 비탈길을 오른다

유기농

광양 진월의 시골 마을
늘그막에 땅속 보물을 일구는 문학 동문 선배님을 찾았다
유기농 고추밭 하우스에 들렀다
이중 모기장 출입문으로 외부와 차단하여 관리를 한다
주변에는 유기비료 재료가 많으므로 파리가 극성이다
고추밭에 들어서니 고추나무가 내 키와 키 재기를 한다
그 큰 나무에 고추가 달려도 너무 많이 달렸다
대략 칠팔십 평의 하우스 안에 병든 나무 하나 없이
한 나무당 마른 고추 한 근은 넉넉히 수확할 수 있단다
주변의 논들도 전부 유기농이란다
생산되는 쌀은 전부 학교 급식으로 출하된단다

떠나는 친우들

조그만 시골 마을에
전시에 태어난 또래가 십육칠 명
그중에 머스마가 열셋이다
동래에 남아 사는 친우가 반
객지로 떠난 친우가 반

일 년에 한 번 모임을 가지면
술 상자가 몇 개 빈다
유난히 술 담배를 많이 하던 우리

담배로 둘이나 보내고
술로만 세 번째 친우를 보내고 내려왔다
달리는 차 창에 스치는 얼굴들
이름 하나하나 호 입김을 불고 적어본다

그렇게 바쁘게들 떠나면
나는 누구와
다하지 못한 추억을 더듬는단 말인가
여기
아직 비우지 못한 술병도 있는데

씨방

1970년대 후반
천지 사방에 개혁의 태풍이 불어닥칠 때
십 년이면 강산도 변한다는
속담을 한 달로 줄였다

모든 생산 제품이 오늘 나온 것이
내일이면 구형일 때다
대통령 훈장과 상금을 받았다
그보다 많은 금액을 회사에서 보태
매년 백여 권 도서를 구입했다

세상을 슬기롭고 지혜롭게 살기 위해
책 가까이하며
다른 세상인 것 같은 도서관 문턱을 처음 밟았다
가슴인지 머릿속인지 조그만 씨방의 싹이 텄다

뒤뜰

어둠이었다
다시는 뒤돌아보기 싫은

지나온 시간, 추억을
모두 모닥불 속에 잠재우고
홀가분하게 비웠다

앞을 보고 달렸다
썰매 끄는 시베리안 허스키처럼
던져주는 먹이의 에너지로
긴 채찍을 맞지 않으려 달리고 달렸다

긴 여정의 끝에
그림자 속에 묻혀 온
비어있으며 채워진 뒤안길
길목마다
버려진 얼굴들이 늘어섰다

찌그러진 찐 계란

모처럼 맑은 정신으로 귀가했다
차려진 저녁상 옆에
비닐봉지에 넣어진 계란 몇 개가 눈에 들어온다
식탁 위를 순간 더듬고 일어나서
반 홉 조금 넘는 술잔을 밥그릇 옆에 놓는다

아내의 멜로디는 늘 같으므로
귀에 딱지가 붙어
좋지도 싫지도 들리지도 않는다

안주가 부실한 것을 아내도 알고
계란을 꺼내놓는데
쭈그렁바가지가 된 것이다

항의를 하자
넉살 좋게 웃으며
좋은 것은 나중에 먹으란다

아!

저것들은 아들놈 몫이구나
술맛이 문 열고 밖으로 나간다

늦가을

들녘의 따스함도
어느덧 집으로 돌아가고
비어버린 곡간은 허수아비만
철새들과 숨바꼭질한다

길가에 늘어선 나뭇가지는
헐벗은 노친네 팔뚝처럼 앙상하고
산자락을 내려오는 꽃단풍
싸늘하게 그늘진 가슴이어라

바람 빠진 구멍 난 풍선
버릴 곳 어디던가
이 산 저 산 더듬어도
꽉 찬 숲이 일없다 돌아앉네

오른손에 털 빠진 붓 하나
왼손엔 구겨진 화선지
먹물 듬뿍 찍어 화선지에 뿌리니
다람쥐만 올라앉아 똥만 싸고 달아난다

배꼽

십 대 후반에
영화배우 서영춘 씨를 닮은 친구가 있었다
말과 행동은 살살이 007 영화보다
우리를 더 웃겼다

너무 웃으면 배꼽이 튀어나온다는 속담에
나는 가끔 내 배꼽과 친구들의 배를 확인했다
육십의 나이를 훌쩍 넘기고 부부들의 모임에도
그놈 곁은 늘 여자들이 깔깔대는 소리가 흥겹다

고희를 눈앞에 두고
약을 다 팔았는지 관중이 모이지 않는지
보따리 싸고 먼 길 떠나버렸다

지난여름 허리띠 풀고
배꼽 검사도 못 하고
소주잔에 추억 칵테일 만들어
허공중 뭉게구름 옆에 무지개 하나 만든다

개똥철학

글을 읽고 쓰다 보니
어디서나 대화를 해도
나에게도
사기성이 짙은
개똥철학이 입 안에 가득 있다

수많은 학자들이
세상에 내놓은 명언들
그 누가 그 깊이를 깨닫고
가슴에 새겨 행하겠는가
지킬 수 없는 명언
우리 주변에 쓰레기처럼 나뒹군다

보라, 지상에 흘러나오는
저 메아리들
우리가 모르는 내용이 있던가
수많은 메아리를 듣고 봐도
나의 개똥 입만이 웃음을 자아낸다

너 그리고 나

기억조차 아련한 그때
어디로 어떻게 튈지 모르는
보름달보다 더 하얗게
밝은 빛을 뿜어내던 너

장미꽃 향기일까
살구꽃 향기일까
언제 어디서나 꿈에도 잊지 못할
커다란 망치로 가슴을 두들기던
황홀한 너의 향기

네 곁에서 한 발 한 발 멀어지면
가슴 차있던 꿈이
이른 아침 진눈깨비 맞는 걸음이다

기나긴 지난 세월
저편의 한 편 드라마처럼
가끔 처음부터 다시보기 하다
어느 땐 미소 짓다

어느 땐 눈물 흘리다
그렇게 소주잔을 잡는다

아버지

충청도 천안 성산 중턱에
아버지 흙집이 있다
일 년에 서너 차례 찾아뵙는다

준비한 음식을 상에 올리고
엎드려 절하며
이것저것 보고를 올린다
앞으로 진행할 것도 다 보고하고
또 두 손을 공손하게 마주하고
정성스레 반절을 한다

아버지 집을 떠나며
아까 보고드린 것 잘되게 해주세요
아버지 곁을 떠나가는 것이
무척 아쉽고 서운한 표정을 짓는다

지지리도 못난 나는
칠순을 앞에 두고도
일일이 아버지께 보고하고

도와달라고 매달린다

참 못났다

흔적

지웠다
지우개로 문지르고
물보다 진한 피로 지우고
하얀 페인트로 칠하고
여러 색깔을 혼합하여 지우고
끝이 날카로운 정으로 파내었다

하나를 지우면
또 하나가 가슴을 파고들고
수십 년 지우고 지우며
차가운 가을비 속에서
가슴 타고 흐르는 싸늘한
동백꽃 향기에 묻힌 위스키

가슴을 뜨겁게 불 지르는
남은 날들의 흔적들

퇴직

준비하지도 못하고
삼십 년 넘게 드나들던 문을 나섰다
어디로 가지
어디든 가야 하는데
우선 세상에 묻어 흘러가 보자고
여기저기 산악회도 따라다녔고
붓을 잡고 화선지에 먹물도 듬뿍 뿌리고
좋은 스승 만나
지나는 바람과도 놀고
지난 세월 들춰 가슴도 저려본다
생의 이모작이다
퇴직은 언제쯤일까

겨울에 핀 장미

조용히 내려앉은 겨울 햇살이
담장 장미 넝쿨과 사랑을 속삭입니다
며칠째 사랑놀이하더니
오늘 아침에는
빨간 꽃송이를 하늘에 널어놨습니다
저렇게 꽃을 피우는 걸 보니
사랑을 하면 춥지도 않은가 봅니다
장미 넝쿨은 추운 겨울에
사랑놀이하다가
얼마나 부끄러우면
빨갛게 물들었을까요
나도 얼굴이 빨개지도록
사랑하고 싶어지니 주책입니다

정열

다 떠났다는 말은 하지 말자
아직도 내게는
초가을 해바라기보다도
샛별보다 더 빛나는
사랑의 별이 가슴에 빛나고 있다

오면 가고 가면 온다
영원한 것이 어디 있으랴
아픔도 기쁨도 순간인데
네 것이 어디 있고 내 것이 어디 있나
간 것도 온 것도 흔적이 없다

뜨거운 사랑의 불이
아직도 활활 타고 있는데
보라, 춥고 배고픈 자들이
네게로 다가오고 있다

3부

적막 그 외로움

동백꽃

하얗게 내려앉은
눈송이
하얗다 못해
푸르름을 벗어
꿈결 네 머릿속에 피어난
붉은 그 꽃

누구에게 보여줄 수 없는
한 송이
어둠 속에 피어버린 꽃
너도나도
차가운 바람 속에
애처로운 듯 쏟아놓은
붉은 그 꽃

체면

언제부턴지 나에게
체면이란 놈이 덥석 달라붙었다
세상을 내 멋대로 살던 내가
그 체면이란 놈 때문에
제약받는 것이 너무 많다

그 첫째가 입이다
들어가는 것도
나오는 것도
체면을 거쳐야 한다
팔다리도 체면을 거치지 않으면
금방 눈총을 받는다
의복도 그놈의 허락을 받아야 한다
참 귀찮은 놈이다

눈은 즐겁고 입은 슬프다

설 명절
십여 일 가까이 다가왔다
남산시장에 물 좋은 놈을 사려고
이른 아침 아내에 이끌려 나왔다
그동안 잊고 있었던 새조개가
투명 봉지에 담겨 자줏빛 광채를 뿜어낸다
가격을 물어보는 나를 어림도 없다는 듯이
아내가 팔을 이끈다
아! 내 팔자가 이게 뭔가
저것을 뜨거운 물에 살짝 익혀 초고추장에 찍어 먹으면
그 얼마나 소주 맛을 짜릿하게 했던가
내가 직장에 다닐 땐 아무리 비싸도 사 오던 아내였다
내가 좋아하던 것들이 나이를 더해갈수록 밀어진다
나는 가끔 내가 누구냐고 묻는다
대답이 없다

적막 그 외로움

곁에 아무도 없는 긴 겨울 깊은 밤
아파트 골방에 앉아 저 멀리 끝 간 데 없는
별들을 불러 속마음 털어놓고
창사에 희미한 빛이 스밀 때까지 속삭였지

때로는 창문을 두드리는 바람과도
머릿속에 든 무지개를 펼쳐 보이기도 했지

빗방울 유리창에 또르르 흘러내리면
기억 저편
동무들과 뒷동산에서 뛰어놀고
마을 앞개울에서 붕어 잡던 시절
그 얼굴들
하나하나 허공에 그렸지

길가에 피어있는 애기동백과도
빨갛게 피어있는 장미하고도
수줍은 처녀 봄나들이하듯
발걸음을 멈추고 안부를 묻고

수고했다 눈을 맞추며 코를 비볐지

차가운 바람이 가슴속에 파고들면
가로등 불빛도 외면하며
길 건너 연인의 포옹을 훔쳐보며
더 밝게 비춰주지

사랑 1

참으로 어려운 말이다
하지만
세상에 흔해
누구나 나 아는 그 말

나는 진실로
누구에게 사랑한다고
고백한 적이 있었던가

이 순간도 저 순간도
흐르는 물결인데
그 물결 어디 한 번이라도
거스른 적이 있었던가

내 곁에 있는
네가 내 사랑이야

뜨는 생수병

자정이 조금 넘는 것을 보고
책상에 앉았는데
새벽 네 시가 지나고 있다
볼펜 잡은 오른손이 엄살이 심해
왼손으로 주물러달란다
늘 술잔을 잡던 버릇이
요즘은 생수병을 잡는다
목을 타고 넘어갈 때 그 짜릿한 맛은
기억 저편에서 '안녕 잘 가' 하며 손을 흔든다
책상 한쪽에 놓여있는 술병들이
삐졌나 침묵으로 일관한다
생수병만 뻔질나게 방을 드나든다
변했다
변해야 산다

포도 서리

여름밤도 깊어가는
어둠이 짙은 논두렁길을
작은 비닐 포대 하나씩 들고
월남전 병사들같이
철조망에 그림자같이 달라붙는다
잡풀이 무릎 닿는 포도밭으로
한 명씩 잠입한다
어차피 내일이면 동네 소문이 진동하리라
봉투 속 달콤한 맛을 보고 따 왔는데
개봉하면 풋익은 것들이다
대신 처녀들의 얼굴이 익어가고
아직 영글지 않은 총각들의
숫기 어린 비린내를
상큼한 포도 향이 감싸 안는다

정자나무의 꿈

따스한 기운이
차가운 내 몸을 감싼다
긴 잠에서 깨어난 나는
몸이 너무도 메말랐다는 것에 놀란다

주변 친구들이 게으름쟁이라며 놀린다
그러고 보니
동백도 꽃을 피워 꽃마당을 펼쳐놓고
매화도 가지마다 처녀들 내다 걸었다

멀리 지리산 자락 산수유도
수줍은 듯 노랑 저고리 입고
장마당에 나왔고
성질 급한 벚꽃 개나리도 드문드문 보인다

어쩔거나
봄 빗물 받아 세수하고
동백꽃으로 연지 곤지 화장하고
매화 꽃잎 치마 입고

산수유 노랑 저고리 옷고름 매고

동구 밖 정자 위에 앉아
새들의 사랑극장 내어준다

마음은 헛것

저녁을 함께하고
잠깐 걸으면서
내 신체적인 단점을 적나라하게 말한다
자존감이 코 푼 휴지 같다

마음을 비워야지
사랑은 주는 거야
수백 번 마음을 다스린다
주는 것은 무엇이고
받는 것은 무엇인가

주는 것도 받는 것도 없는데
비어있는 가슴
무엇이 들어오고 나가는가
다 헛것인 것을

나와 다른 아들

따르릉~
오늘 늦을 테니
아들과 저녁을 하란다

상의 끝에
근처 국밥집을 찾았다

아들은 곰탕
나는 돈가스 소주 한 병
기억에 아들과 둘이
외식하는 것은 처음이다
큼지막한 돈가스를 아들에게 잘라준다

세상살이 나누지만
예, 아니요
단답형에 대화가 단절이다

내 한쪽의 생이 안타깝다

64번의 번호표

여천 진남시장 위 농협 매장에
긴 줄이다 대충 삼십여 명

그 끝에 나도 섰다
오 분 지나 십 분 지나
내가 뒤로 계속 밀려난다

내 앞에 줄 선 사람들이
자기 아는 사람을 끼워 넣는다
여러 사람이 여러 사람을 하니
하지 않은 사람이 부당함을 말해도
헛바람 새는 소리다

저렇게 살면서
정의니 기본이니 거품을 문다

나는 64번의 번호표를 받았다

빈 잔들의 향연

목을 타고 흘러드는
그 짜릿한 소주

첫 잔의 깊은 맛에
잔을 부딪치며 여러 병을
탁자에 진열하지

탁자에 놓인 음식보다
빈 병이 많아지면
누군가 이 차는 내가 쏜다고 외치지

빈 잔들의 향연이지
그곳에 나도 우뚝 서있지

물의 꿈

만물의 근원인 나의 꿈이 있을까
아름다운 미녀를 씻어주고
조그만 웅덩이에서 올챙이와 놀아주고
졸졸 흐르는 계곡물 되어
조약돌과 바위들을 어루만지며
송사리와 숨바꼭질 즐기고
팔등신 미녀인 양 꼬리 치는 피라미
낙엽 띄워 개미 뱃놀이 시켜주고
두둥실 떠올라 이 산 저 산 구경하다
아침 이슬 되어
금방 솟아오른 새싹 흠뻑 적셔주고
큰 강물에 첨벙 뛰어들어 세상 하나로 뭉쳐
세상에서 제일 큰 나 이루었노라고
나를 두려워하는 자들과
나를 사랑하는 자
애타게 그리워하는 자
모두가 나로구나

봄의 노래

이른 아침 눈을 뜨는 것은
아침 이슬 머금고 피어난
꽃보다 더 아름다운 당신을 보는 것이다

내가 잠을 자는 것은
꿈속에서 당신과 사랑을 속삭이고

내가 가보지 못한
무지개 위에 피는 꽃동산
그 안에 사는
너를 만나기 위해
마음을 가다듬고 머릿속을 비우는 것이다

얼굴에 철판 깐 도둑놈의 길

군 전역 후
고향에서 농사를 짓다가
이것이 아니다 싶어 회사에 취직했다

일요일마다 놀아도
내가 생활하는 데 부족함 없이
월급봉투가 두툼하다

남보다 조금 더 열심히 하니까
승급도 빠르고 아이들 학비도 다 준다

슬슬 겁이 났다
이건 도둑이다
내가 하는 일에 비해 너무 과하게 받는다

더 열심히 하니 IMF에도 걱정이 없었고
제품을 잘못 만들어 출하하고
하자 처리를 개선장군처럼 다녀오고

삼십여 년 근무 후에는 퇴직금 명목으로
한 보따리 싸 들고 줄행랑쳤다

무궁화꽃을 달려고

엄마의 억척으로
먹도 입도 못하고 보낸 등록금
그동안 모았던 적금통장
조상 대대로 물려받은 선산

이 나라 최고의 엘리트 되었는데
내가 아니면 누가
우리 국민을 잘살게 하겠냐
내가 아니면 누가
국민의 소리를 대변하겠냐

국회 의자 하나 차지하면
초심은 온데간데없고
본인의 의지와도 관계없이
허공을 향해 외친다

가족 모임

일 년에 몇 번
매번 하루 전부터 시장을 누빈다
이제는 중년이 돼가는 딸
환한 미소로 한 보따리 가득 싸안고
천사들과 들어선다
고사리손으로 쪼물쪼물 만들며
까르르까르르
집안에 봄 햇살이
바람과 같이 따스함과
훈훈한 사랑을 펼쳐놓는다
아! 저기
할아버지 할머니가 웃고 계신다
오늘은 제삿날

떠나간 사람

바람이었을까
꿈이었을까

바람이었으면 어떻고
꿈이었으면 어떠리

내 마음 한곳에 모아
모두 다 바쳤는데

돌아서는 그녀의 발걸음마다
심장이 터져 쏟아지는 눈물강 흘렀지

어떻게 어떻게
비워진 가슴 채워질까

어제도 오늘도
갔던 길 또 걷고 있네

내가 네가 될 때

네가 미치도록 그리울 때
나는 가끔 마술사가 되어
너로 변장하지
내가 원하는 걸 다 해주는 너로

눈을 감고 가만히 있으면
깊고 깊은 눈 속으로
달콤한 너의 입술로
속삭이는 듯 간지럽히는
너의 목소리

그렇듯 시간이 흐르면
나는 어느덧 꿈속에서
너와 말로만 주고받던 다짐
그것이 다 이루어져 있었지
너 알아 그것이
사랑이야

탁발

육십이 넘은 나이에
거울 앞에 서서 살피니
머리는 텅 비어 있고
가슴은 끓는데 넣을 것이 없다

들로 산으로 계곡으로 바다로
깊은 산사로 도서관으로
발길 가는 대로
바리 하나 들고 미친 듯이 탁발했다

수년 동안 바리에 담긴 것 먹고
싸놓은 똥 누가 볼까 두렵다
이를 어찌할거나

4부
사랑꽃을 심은 사람

바람 2

바람 한 점 날아와
내게 속삭인다
너는 바람이 되라고
바람은 꽃이라고
네가 꽃이 될 때 나도 꽃이 되어
주변 모두가 꽃이 되면
그 속에 있는 너와 나
애써 가꾸지 않아도
화려한 조명 속 주인공은
우리 둘이 될 거야

지금 1

이 순간이 영원히
멈춰진다면
나는 너를 갖고
너는 나를 갖고

너를 바라보는 내 눈빛이
별빛보다 더 빛나고

나를 바라보는 네 눈은
우수에 젖은 사랑의 그림자가
햇살보다 더 빛났지

하늘을 울리고 빛 지나간 자리
순간순간 심장 뛰는 소리
너를 만나길 기다리는 시간이야

물

물이다
아무것도 섞이지 않은
아침 이슬 받아놓은
정한수 같은

그녀를 바라볼 때면
나는 언제나
아침 이슬이 된다

새벽이슬 먹고 화사하게 피어난
장미보다도 더 고운 그녀

그 모습에 어떤 색을 조합해
그려낼 수 있을까

그녀는 물이다

불

활활 타오르는 불이었다
모든 것을 집어삼키는 미친 불이었다

그의 눈길만 스쳐도
그의 마음만 순간 머물러도
불길이 화산같이
내 몸은 화산에서 솟아오른 용암이었다

그녀의 눈길도 스치고
가슴속에 사랑 씨앗도 듬뿍 뿌려지고
나는 불타오르는 불이었다

반창고

태풍이 하늘에 잔뜩 흙탕물을 뿌려놓고
저 멀리서 놀고 있다
주방에서 갑자기 비명 소리가 나
귀청을 울린다

감자 껍질을 벗기다
약지 피부의 겉까지 벗겨내는 소리였다

붓을 잡으면
개미 한 마리도 놓치지 않는 사람이
감자 껍질은 철옹박이었을까

손가락에 붙여진 계급장 하나
모자에 앞에서 뒤까지
몇 개가 남았을까

때가 되다

어려운 문턱을 들어선 지
십여 년이 되어간다
그동안 밥을 비벼 먹고
구린내 나는 똥만 싸
냄새만 폴폴 날려
사람들이 가까이 오지 않는다
조상님의 산소에서도
차례상에 술을 올리면서도
부처님께 절을 하면서도
부끄럽다
면목이 없다
이제 나도 세상 너머 세상까지 향기로운
똥을 싸고 싶다
향기로운 한 편의 시를 쓰고 싶다
이 얼마나 좋은가

흥국사의 백팔 돌탑

흥국사 팔상전 뒤에서 시작되는
백팔 돌탑은
가을이면 낙엽과 어우러진 꽃무릇이
붉게 타오른다

백팔 돌탑 길을 걷다 보면
어느덧 가슴속에 쌓여있던 시름들이
흐르는 물속에 뛰어들었는지
돌탑마다 하나씩 시주했는지
내려오는 발길이 허공을 밟듯
절벽에 그려진 선녀도에 든 듯
가벼워진 마음
콧노래인지 법경을 읊었는지
선경에 든 듯
꿈속인 듯
안개 속에 피어오른 무지개다

외로움

이런 걸까
이런 것이 지독한 외로움인가
텅 빈 아무것도 없는
고요 속에 가슴마저 풀어헤쳐
찌꺼기마저 털어버린

머릿속이 허공인 듯
공허에서 울리는
잔잔한 고음 소리는
어디에서 오는가
뇌파에 화살촉이 박히듯이
비워진 공간을 파고드는
적막이여

사랑을 하려면

마음속을 청소해야 된다
미움도 걷어내고
욕심도 걷어내고
고집도 걷어내고
선입견도 들어내고
귀를 틀어막고
과거도 깊은 바다에 버리고
지금 네 마음 그곳에
예쁜 장미 한 그루 심으면
거기서 연두색 새싹이
봄이 되어 피어난다

보름달 소원

꽃무릇 붉게 타오르는
둥근 보름달 속에
네 얼굴 살며시 숨겨놓고
스쳐 가는 바람 속에
네 향기 고이 접어 보내고
달빛가에 흐르는 구름 한 조각
호수 위에 두둥실 연꽃 되고
둥근 달빛에 숨은 별들
징검다리 수놓아 하늘하늘 건너오네

너 1

그리움이
밀물같이 우르르 밀려온다
조용조용 살금살금 오는 것이 아니라
산 같은 파도 타고 온다
쌓아놓은 방파제가 힘없이 무너지고
삼켜버린 의지마저 흔적 없고
그림자마저 사라진 곳에
여기저기 눈 가는 곳에는
그녀만 보인다
아, 꿈인들 있을 수 있었던가
오직 하나뿐인 너

사랑꽃을 심은 사람

내가 가는 길
너는 따라오지 마라
차가운 눈길 위에 너의 고운 모습
하얀 발자국 위에 눈물방울
보석으로 심었다
눈이 녹으면
그때
심은 보석 싹이 터
그때서야
세상에 하나뿐인 사랑꽃을 보리라

2018 정 미경

어둠

아무것도 없는
짙은 흑갈색
달빛마저 숨죽인

그 끝 간 데 없는
너와 나
너는 누구고
나는 누구인가

너는 나를 바라보고
나는 너를 바라보고
허물어진 담장에서 그리움만
저 들녘 저 산만
허허로이 웃는다

지금 2

나는
매 순간마다
마지막 필름을 끼워
카메라를 돌리고 있지
너를 주연으로

나 홀로
카메라 조연 조명 연출까지

너를 향한 내 마음
하늘보다 높고
바다보다 더 넓은
당신
내 사랑이기에

2018 정어경

그냥 울었다

한참을 울었다

눈물도 없이
소리도 없이

그냥

가슴을 도려내는
찢어지는 아픔을

온몸 세포들의 울음으로
흐느꼈다

그냥

하나

내가 나인지
내가 누구인지

내 앞의 너는 누구
네 앞의 나는 누구

너도 나이고
나도 너인데

너는 뭐 하고
나는 뭐 하는가

조그만 울타리
거기서 맴돌고 있지

너 2

나,
그곳에 그냥 있었다

햇살이 우르르 밀려와
그림자를
여기저기 심었을 뿐이다

그림자 있는
그곳

내 마음 조금씩
흩뜨려 놓은
그곳

낙엽비 쏟아지고
우후죽순같이 피어나는
너

참 이뻤다

마음의 눈

늦가을
광양예술회관 전시실에
삼인삼색저이 열렸다

목판에 흩뜨려 놓은
구름과 안개가 학을 부르고

화선지 위엔
선비의 기상이
흑두루미 날개를 활짝 펼쳤다

살아 숨 쉬는 침묵의
순간,
하얀 빛줄기가
내 가슴을 열어 보인다

비었다
아무것도 없는 가슴에
조그만 씨앗 하나 뿌리 내린다

머물다 간 너

아팠다
그 상처가 너무도 깊었다

수년의 세월을
아픔에서 벗어나려
어둠과 빛을 헤맸다

수 갈래 길
반복된 삶의 모순

여기도 저기도
스쳐 온 길목마다
네가 그려놓은 그림

아침에 지우면 저녁에 살아나고
저녁에 지우면 꿈에 살아났다

잃어버린 추억

봄인가
여름인가
가을인가
겨울인가

지나쳐 온 계절 속에
남겨놓은 흔적이
바람에 휩쓸려 날아갔나
장맛비에 도랑 물길 따라 흘러갔나
하얀 눈 위에 남긴 자국
소리 없이 녹아 물이 되었나

저기도
여기도
지워진 자국 없이
허공에 떠도는
그림자만 어지럽네

5부

그녀의 아침

너 3

갓 피어오르는
목련의 화사함
아침 이슬 먹고 붉은 자태로
치장한 장미
석산 바위 틈 사이에
다 뜯어지고
상처뿐인 줄기 사이로
삐쭉 올라온 꽃순
가을 햇살 가득 담은
해바라기 환한

인형놀이

들녘의 황금 들도
철새들 놀이터로 변했다

하늘을 까맣게 수놓는 군무가
석양 속의 수채화다

한 점의 그림 속
조용히 들여다보면
거기에 너와 나
인형놀이다

여자만

겨울 짧은 해가 바다를 건너
팔영산 어깨 위로 넘을 때
여자만 자락
물 나간 드넓은 갯벌

돌게 꽃게 왈츠 파티장에
짱뚱어도 와인 하늘에 취해 춤추고

중절모 깊숙이 눌러쓰고
포장마차에 걸터앉은 늙은이 앞에
비워진 술잔 하나
애처롭다

활짝 핀 우리 동네

육십 년대 말 여름
서울 여대생들이
시골 자원봉사로
우리 마을에 십여 명이 왔다

이장댁과 4H 회장댁에 나누어
합숙하는데 동네 총각들
너 나 할 것 없이 변했다

저녁이면 회관에 모여
노래도 같이 부르고
재미있는 게임도 하고

긴 하루해가 저물어
다섯 살 어린아이가
커다란 소를 몰고 동네로 들어선다

갑자기 여대생들이 우르르 달려가
함께 사진도 찍고

이야기도 나눈다

그때 그 꼬마가 무척 부러웠다

향일암에 오르며

여기가 저기 같고
저기가 여기 같은
바람 같은 길

향일암의 계단을 오르며
밟으면 부서질까
낙엽 피해 이리저리 발걸음 내딛는다

길의 중턱에 돌부처 하나
입을 가리고 앉아있다

조금 더 오르니 돌부처
귀를 막고 앉아있다
다시 조금 더 오르니
눈을 가리고 앉아있다

이 나이가 되도록 깨우치지 못한 것
입을 다물고 듣지도 보지도 말란다
비좁은 바위 사이를 휘돌아

대웅전 뜰에 펼쳐진 촛불
가슴을 환하게 밝힌다

애원

한 자루의 붓대를 잡은 지
십여 년이 흘렀건만
나는 너에게
너는 나에게
서로의 오가는 길이 멀었는지
마음의 문이 열리지 않는다

붓이어
마음을 열고
머리와 가슴에서 울려오는
나의 뜨거운 손을 받아다오

밤새 눈 내린 하얀 들판을
준마에 올라 휘몰아 달리듯
학이 춤추듯
선무도의 도사가 지팡이를 들어
구름을 희롱하듯
너와 내가 하나가 되자

그녀의 아침

여명의 창가에
그녀의 환한 미소가 비친다
두 팔을 번쩍 들어 올리며
가슴을 쭉 내민다

그래 나는 할 수 있어

매주 스케줄이
거미줄처럼 늘어져 있지만
자기의 세상을
하얀 화선지 위에 올린다

때로는 연필로
때로는 물감으로

그녀의 세상 풍경이
스크랩되어
환한 수채화로 펼쳐진다

Jung mi kyung
2019

달빛 속의 너

희미한 달빛 속에
모습을 감춘 너
저 정월 보름달이
구름 속에 너를 감춘 건
회오리치는 태풍 속에도
그리움을 잠시 태풍의 눈으로
잠재우려는 거야

사랑한다는 것
그것은
늘 너와 나
세상을 새끼줄 엮듯이
꼬아가며 한 줄 한 줄
새 역사를 엮는 거지

너 참 밝다

꽃씨 뿌리다

차가운 겨울 서리도
털어버리지 못한 내가
마음 급해
여기저기 꽃씨를 뿌린다
어느 곳에 어느 꽃이 필지는
알 수 없지만
마음은 이미 꽃길을 걷고 있다
누가 나를 바보라지만
바보인들 어떠리
내가 뿌린 꽃씨들이
누구에겐 새 꿈을
누구에겐 희망과 용기를
이것도 저것도 아니면 또한 어떠리
술 취한 취객
꽃향기에 기분 좋으면 그만이지

고향 친구

고향 친구 부부가
호남의 몇 군데 사찰을 보러 온단다
고등학교 국어 교사로 교장으로 퇴직한 후
일 년의 절반을 외국으로 나대더니
코로나로 국내로 방향을 바꿔 다닌다
자기 방에 사찰이 있는 전국 지도를 걸어 놓고
하나씩 점 찍으며
올해 안에 다 돌아볼 생각이란다
모처럼 맞이하는 친구
불심이라 쓴 서예 작품을 내미니
천안 명물 호두과자로 답례한다
여수의 명품 요리
게장백반으로 대접했다
식사를 마치고 떠나가는 친구 뒷모습
고향이 함께 따라간다

못난 아버지

고향 친우들과 모처럼의 술자리다
세 병 이상 마시는 주당들
온통 자식들 얘기다
의사다 교사다 중소기업 사장에
며느리에게 용돈을 받았단다
참을 수 없이 북받쳐 벽에 기대어 흐느낀다
순간 음식점이 조용하다
벗들은 아무렇지도 않은 듯 술 마시고
모든 시선이 나에게 집중되어 있다
슬그머니 자세를 바로 하고
술잔을 잡으니 다시 세상이 돌아간다
나는 아직 마흔 넘은 아들
장가도 보내지 못한 못난 애비다

상처

소주 두 병쯤 마셨으리라
걷잡을 수 없도록 밀려드는
이 지독한 외로움과 그리움

덧없는 내 나이는
가로등에 비친 그림자만큼 흘러가건만
그 사람의 환상은 달빛 속에 숨어
한 겹 두 겹 벗겨낼수록
내 가슴만 아리다

여기에도 저기에도
함께 스쳐 온 시간들
이제는 토막토막 잘라내
강물처럼 흐르는
여수 밤바다에 뿌리리

사랑 2

이것이 진실이고
하나뿐이라고
그렇게 믿고 최선을 다했다
수십 년이 지나면서
같은 횟수가 몇 번인가

이제는 꺼내 쓸 수 있는 정열도
어디에서 빌려 올 수도 없는
끝없는 길에 올라섰다
이 길에서 내 생명의 불꽃이
한 발 한 발 내딛는 앞에
환하게 비추리라

잡지 못한 너

너와 함께했던
그 소중한 시간들

너와 함께한 여행의
아름다운 추억들

너도 나도
서로에게 다 하지 못한 말들

조금만
아주 조금만 더

그때 네가 내 말을
막지 않았으면

거미

아픔도 상처도 없는
깊은 흉터
희미한 그림자 같은 그곳

그리움
밤새
찢어지는 아픔

한 가닥 한 가닥
허공을 엮어
이슬로 새벽을 연다

2030
Jung mi kyung

형님

대포1리에 사는 다섯 살 위의 형님이
텃밭의 봄 채소와 옻나무 순을 따 가란다

시골길을 휘돌아
쑥이 자란 밭두렁길에 아내를 내려주고
옻나무 순을 채취했다

곱게 자란 시금치 상추 달래가
바구니에 가득 담긴다
형님은 조금이라도 더 주려 안달이다
받는 사랑보다 주는 사랑이 더 넓고 큰,
이것이 참사랑이구나

3미터 거리

우리 앞에 두 남녀
꼭 붙어
서로의 손길이 엉켜있다
확실히 내가 젊었을 때보다
많이 진보했다

아이를 갖고 나니
우리는 사이가 멀어졌다
나는 늘 3미터쯤 앞에 걷고
아내는 그 뒤를
아이와 함께 따른다

아이들이 커서도 우리 사이는
좁혀지지 않는다
어쩌다 팔짱을 껴도 어색하다
그 짜릿함마저 흐무러져 버린
초로의 애틋한 추억만
잔잔한 영상 속에
아내의 모습만 흘러간다

눈물

아침부터 내리는 비가
늦은 밤이 되도록
전신주에 매달려 소리 없이 졸고 있는
가로등을 울린다

방울방울 떨어지는 눈물이
뽀얀 볼을 타고 흘러내리던
보석 같은 빗물

이십 년을 살던 고향
내일이면 천리 타향으로
두 손을 마주 잡고 올려다보며
샛별 같은 두 눈에서
흘러내리던 물방울

빗물이다

편지

십여 년 책상을 곁에 두고
오고 간 끈끈한 눈빛이
한순간에 모래성이 되었다

사십여 년
깊게 박힌 뿌리를 송두리째 뽑아
고향 진도에 옮겨 심고
이틀 밤을 잤으니
신혼 밤 꿈이어라 했겠다

친구 장가가고 얼굴 보기 힘들어
억지로 신혼집 찾아가
늦도록 술타령하던 때가 그립다

칠십이 넘은 우리 인생
멀리 있어도 가까이 있어도
있는 듯 없는 듯
자네 곁에 그림자 있듯이
내 곁에 그림자 하나 있다

효자손

어디에서 가져왔을까
언제인지도 모르지만
손만 내밀면 늘 그곳에 있다
나이 들어 손이 닿지 않는 등
시원하게 긁고 나면
참으로 고맙다

어느 대나무밭에서 자랐을까
하는 짓이 시원하니
바람을 많이 먹은 것이 분명하다
살아서 팔 벌려 새들의 쉼터가 되고
죽어서 인간의 품으로
사랑받는 너

일상의 소망과 시혼을 위한 서정의 세레나데

김양호 시인 · 전 한영대학교 교수

문 열고 들다

기우였다. 박각순 시인의 작품을 읽으면서 시인이 시를 통해 표현하고자 하는 소망 혹은 시혼, 시를 쓰는 형태, 시인이 추구하는 방향 그리고 시인과 시 작품에 대한 전반적인 조명 등 여러 가지 복합적 생각이 많았다. 일반적인 시를 쓰는 사람들이 추구하는 기본 이론들, 작법들, 시적 허용, 시가 갖추어야 할 짧고 굵고 진한 울림, 그 울림을 통해서 순화시키고 변화시키는 시적 의도, 이런 정형적인 틀에 맞추는 것은 부질없다는 생각이 들었다. 오히려 읽는 이로 하여금 마음을 편하게 가볍게 그리고 쉽게 접근할 수 있게 하는 것에 대하여 즐거웠으며 시인의 시적 매력을 느낄 수 있는 계기가 되었다. 그래서 편하게 읽고 발문을 쓰기로 했다.

박각순 시인은 영혼이 맑고 자유로운 사람이다. 한편으로는 고달프고 힘든 하루하루 일상생활을 아름다운 시로 형상화한다는 것은 정서적으로 선택받은 행복한 사람이란 생각도 들었다. 더욱이 시인에게 시는 바로 생활이고 그 생활이 곧 시가 되기 때문이다. 시인은 이처럼 밥 먹듯이 물

먹듯이 눈떠서 잠들 때까지 일상생활의 행동과 생각들을 곧 시로 생산하고 있다. 따라서 이번에 상재하는 작품들은 부모에 대한 그리움, 자식들에 대한 안타까움과 사랑, 부정, 아내에 대한 고마움과 미안함, 친구들에 대한 애틋한 우정, 지나온 삶에 대한 회한, 가끔씩 찾아가는 산사의 고요함에 자기성찰을 통한 자아 찾기 등으로 구성되어 있으며 이는 곧 시인이 살아가는 삶의 원천이자 시적 에너지가 되고 있다.

시인은 자유스럽고 형식에 얽매이지 않는, 정서적으로 자유로운 시혼의 소유자이며 내면적으로는 여성성이 강한 시적 경향의 맑은 시인이다.

박각순 시인의 시를 이야기하면서 어떠한 시적 규정이나 형식, 테두리에 가두어서는 안 될 것이다. 이는 시인이 자유로운 영혼의 소유자로서 모든 시들이 특정한 목적이나 화장법 없이 생활 그대로 작품화되어 있기 때문이다. 가끔 일상생활을 담은 시는 일상의 이야기를 자세하게 진술함으로써 언어를 필요 이상으로 많이 낭비하고 있다거나, 경우에 따라서 시에 많은 대화를 인용하는 것도 마다하지 않고, 시적 긴장력이 너무 풀려 있어 시상에 비해 시의 부피가 너무 크다는 비판을 받기도 하지만 박각순 시인은 시는 그런 비판에서는 비켜서 있다. 그것은 일상생활 속 일상을 진솔하고 쉬운 목소리로 담아냄으로써 공감을 얻고 있기 때문이다.

박각순 시인의 생활 주변의 모습들은 어떻게 시로 형상화되고 있고 그 풍경 속에서 느껴지는 시인의 소망과 시혼 그리고 시적 울림의 서정들, 한 인간으로 살아가는 인간 중심 휴머니즘의 양상, 그런 정서와 느낌들을 중심으로 살펴보고자 한다.

일상생활 속 시혼의 풍경으로

　좋은 시에 대하여는 많은 시인들, 평론가들이 문학적 이론을 바탕으로 의견이 분분하다. 이론가들은 좋은 시는 마치 정물화나 풍경화가 아닌 추상파 화가의 그림을 보는 듯한 느낌이라고 한다. 여기서 추상이라는 것은 개별의 사물이나 표상의 속성들을 뽑아내는 것을 일컫는다고 한다. 내가 본 것을 있는 그대로 표현하기보다 그 내상의 내면을 표현하여 의미를 느끼도록 하는 것이 좋은 시라고들 말하고 있다. 또 쉬워야 한다는 것이다. 누구나 읽고 쉽게 접근하여 이해할 수 있는 시, 편안한 시, 희망을 줄 수 있는 시, 풍경이 있는 시가 좋은 시라고 말할 수 있다. 이왕이면 어려우면서 좋은 시보다는 쉬우면서 좋은 시가 읽는 이로 하여금 울림이 빠르고 진하지 않을까 싶다. 울림이란 감정의 한가운데를 정확하게 공략하여 명백한 메시지를 만든다는 것이다.

　　조용히 내려앉은 겨울 햇살이
　　담장 장미 넝쿨과 사랑을 속삭입니다
　　며칠째 사랑놀이하더니
　　오늘 아침에는
　　빨간 꽃송이를 하늘에 널어놨습니다
　　저렇게 꽃을 피우는 걸 보니
　　사랑을 하면 춥지도 않은가 봅니다
　　장미 넝쿨은 추운 겨울에
　　사랑놀이하다가
　　얼마나 부끄러우면

166

빨갛게 물들었을까요
나도 얼굴이 빨개지도록
사랑하고 싶어지니 주책입니다
　－「겨울에 핀 장미」 전문

　이 시는 평범한 겨울 아침 담장에 핀 장미의 모습을 어떤 화장법 없이
그대로 그려낸 작품이다. 일반적인 눈으로는 별것 아닌 흔한 겨울 담장에
핀 장미의 모습이지만 시인의 눈은 그렇지 않았다. 밤새도록 겨울 추위를
이겨내고 조용하게 내려앉은 장미들이 아침 햇살을 받고서야 비로소 꽃
을 피우고 사랑을 나누는 모습으로 그리하여 사랑의 결실을 개화한 붉은
색으로 하늘을 수놓고 부끄러워하고 있는 장미의 내면적 풍경을 그린 작
품이다. 그 속에는 젊음으로 회귀하고 싶은 은근한 자신의 모습을 투영하
고 있는, 슬쩍 웃음이 나는 맛있는 작품이라고 할 수 있다.
　장미는 자신의 분신으로서 일상생활과 더불어 세상을 사랑하고픈 마
음의 움직임을 세밀한 필치로 그려내고 있다. 더불어 시는 특별한 사람이
쓰는 특별한 것이 아니라 평범한 사람이 겪는 평범한 일상도 훌륭한 시
의 소재가 될 수 있다는 것을 알게 해준다. 평범한 일상에서 만나는 익숙
한 장면들이 시로 형상화된다는 것은 여간한 매력이 아닐 수 없다. 또한
이 작품에는 어떤 시적 장치도 없다. 어떤 구조도 없다. 어떤 형상화도 없
다. 어떤 낯설게 하는 것도 없다. "얼굴이 빨개지도록/ 사랑하고 싶어지"
는 자신의 모습을 "주책"으로 풀어내는, 감정에 충실하여 시의 본질을 정
확하게 묘사한, 은근하게 슬쩍 미소 짓게 하는 작품이라고 할 수 있다.

　물이다

아무것도 섞이지 않은
아침 이슬 받아놓은
정한수 같은

그녀를 바라볼 때면
나는 언제나
아침 이슬이 된다

새벽이슬 먹고 화사하게 피어난
장미보다도 더 고운 그녀

그 모습에 어떤 색을 조합해
그려낼 수 있을까

그녀는 물이다
　－「물」전문

　보편적인 일상을 여과 없이 풍경처럼 그려놓은 시로 서정의 샘물이 넘
친다. "아무것도 섞이지 않은/ 아침 이슬" "그녀를 바라볼 때면/ 나는 언
제나/ 아침 이슬" 그리고 "새벽이슬 먹고 화사하게 피어난/ 장미보다도
더 고운 그녀", 이슬인 나를 먹고 피어나 장미보다 더 고운 너 결국 자연과
내가 하나가 되는 물아일체의 감정이 실린 일상적인 생활시이며 기교를
배제하고 쉽고 낮은 소리로 결국은 "그녀는 물이다"라고 자신에게 하는
그 고백이 오히려 감동을 주며 그 배경에 깔린 여백이 설득력을 갖고 있

다. 이렇듯 시인은 '아침 이슬' '정한수' '장미' '나' '그녀' 그리고 '물' 이미지를 설정하고 풍경을 창조하며 너와 나 대립 구조에서 나는 아침 이슬이 되며 그녀는 이슬인 나를 품고서 피어나 결국은 물이 되어 하나가 되는 화합적 구조의 일상생활의 소박한 한 풍경이 설득력을 갖는다.

세상살이가
네 마음도 내 마음도
서로의 바람이 하나가 되어도
사는 건 하나가 아니란 걸 알았다

내 모든 걸 너에게 주었는데
허깨비 같은 허무뿐이다
그 어디에도 남겨진 건
하나 없이
그림자마저 지워진
빈 술잔이다
　－「미안해」전문

　살다 보면 한때 불길처럼 타오르다가 사그라진 한 줌의 재 같은 존재가 삶이라고들 한다. 또 수필집『육교 부근』정호경 작가의 수필을 인용하면 "설사 세 번 하고 고개 돌려보니 한세상이 가더라"는 말씀도 있다. 허무한 세상, 그래도 선행을 행하는 사람들을 보면 또 세상은 살 만한 것이다 할 수 있다.
　관점을 어디에 두느냐일 것이다. 밝음이 있으면 어둠이 있고 어둠이 있으면 밝음이 있는 것이다. 박각순 시인 역시 예외가 아니다. 어떤 날은 맑은 날, 어떤 날은 흐린 날 있듯이 작품 「미안해」에서 시인은 혼신을 다해 살아온 인생의 단편적인 편린의 모습들을 허무라는 감성으로 여실하게 나타내고 있다. "내 모든 걸 너에게 주었는데" "허깨비 같은 허무" "하나 없이" "그림자마저 지워진" 결국에는 시인의 인생은 허무하게도 "빈 술잔"처럼 허전한 감정의 모습들을 복합적으로 느낄 수 있다. 사랑이 있으면 아픔도 있고 충만감과 행복이 있으면 허전함과 후회스러움이 있는 일상적인 생활의 한 단면이다. 인생을 빈 술잔으로 표현해도 필자는 박각순 시인의 전편의 작품들을 읽고서 허무주의적 경향의 시인은 분명 아니라는 것을 알고 있기 때문에 작품을 그런 경향으로 바라보지 않음이다. 어찌 되었든 간에 시 「미안해」의 특징은 서두에서 언급한 것처럼 시인의 일상에서 일어나는 '허무한 마음' '지나쳐 온 삶에 대한 회한'이다. 이 역시 시인의 생활이자 살아가는 이유 그리고 소망과 기원 삶의 에너지라고 할 수 있다.

다 떠났다는 말은 하지 말자
아직도 내게는
초가을 해바라기보다도
샛별보다 더 빛나는
사랑의 별이 가슴에 빛나고 있다

오면 가고 가면 온다
영원한 것이 어디 있으랴
아픔도 기쁨도 순간인데

네 것이 어디 있고 내 것이 어디 있나
간 것도 온 것도 흔적이 없다

뜨거운 사랑의 불이
아직도 활활 타고 있는데
보라, 춥고 배고픈 자들이
네게로 다가오고 있다
　－「정열」전문

　박각순 시인의 역할 중에서 그 하나를 꼽으라면 주변의 내·외적인 아름다움과 자신 그리고 주변에 함께 있는 모든 것들에 대한 인간미를 시적 작업을 통해 일깨우고 널리 향유하게 하여 희망을 주는 것이다. 위 작품 「정열」이 그러하다. "다 떠났다는 말은 하지 말자" "샛별보다 더 빛나는/ 사랑의 별이 가슴에 빛나고 있다" "영원한 것이 어디 있으랴" "뜨거운 사랑의 불이/ 아직도 활활 타고 있는데" "보라, 춥고 배고픈 자들이/ 네게로 다가오고 있다"에서 아직 희망의 끈을 놓지 않고 살아가는 시인의 희망적인 삶과 정열적인 의욕을 엿볼 수 있다. 멀리 있는 인연도 끊어내고 주변의 인연도 마음에서 걷어내는 차가운 세상과 겨우 타인들의 조그마한 시선 그리고 공허한 마음에 절망하는 현실 앞에서 '사랑의 별이 가슴에 빛나고 있는 뜨거운 정열'에서 느껴지는 진한 열정과 인간미들이 독자들의 행동의 변화를 깨우는 데 충분하였고 또 이러한 다짐과 자신감 의지가 시인이 살아가는 이유를 발견하기에는 충분하였다.

독특한 화장법 없이 꾸밈없는 시

　박각순 시인의 시에는 독특한 화장법이 없다. 시인 나름의 살아가는 생활의 반복에서 새로운 삶의 방법을 찾고 또 찾고 모색하는 것이 시인에게 있어서는 유일한 시적 화장이다. 시인은 시적 기술이나 숨기기, 낯설게 하기 등 시적 기교는 부리지 않지만 민낯 그대로가 오히려 공감을 얻고 있다. 여기서 민낯은 시의 기초와 퇴고의 문제가 아니라 시 작품을 독자들을 의식하여 의도적으로 비위에 부응하는 시적 비틀기, 시적 꾸미기 등 시적 기교를 부리지 않고 있는 그대로의 순수 민낯의 시를 의미하고자 한다. 사람도 얼굴과 마음이 다 예뻐야 진정한 미인이 될 것이다. 물론 그렇다. 민낯도 화장이다. 물론 민낯이 더 아름다울 때도 있다. 하지만 때에 따라 적절한 화장을 거친 얼굴은 좀 더 아름답다. 화장이라는 말은 시적 외모만 말하는 것이 아니다. 시의 본질을 포함한 모든 시적 대상물, 관찰점, 외연, 내연 등 시의 모든 부분에 대한 화장을 의미한다. 일반적으로 있는 그대로, 보이는 그대로, 만져지는 그대로 시를 쓴다면 시는 어쩌면 자기만족에 그치는 그들만의 리그에 딱 들어맞는 문학이 될 수 있다고 비평도 하고 있다. 그렇다. 그럴 수 있다. 하지만 역설적으로 보면 어쩜 시인이 느꼈던 처음 본심 또는 본질에 충실한 순수 그대로의 시, 독특한 기교 또는 화장법이 없는 시도 나름의 매력이 있을 수 있다는 것이다. 박각순 시인의 시들의 대부분이 독자들을 향한 의도적인 기교 없이 화장 없이 순수 민낯 그대로의 작품들이다. 앞에서 언급했지만 민낯도 화장이라고 말할 수 있다. 관점에 따라 다르겠지만 마음을 다스리고 정갈하게 수련하는 사람의 민낯은 색조 화장의 아름다움보다 더 시적 진정성이 있을 수 있는 것이다.

우리 앞에 두 남녀
꼭 붙어
서로의 손길이 엉켜있다
확실히 내가 젊었을 때보다
많이 진보했다

아이를 갖고 나니
우리는 사이가 멀어졌다
나는 늘 3미터쯤 앞에 걷고
아내는 그 뒤를
아이와 함께 따른다

아이들이 커서도 우리 사이는
좁혀지지 않는다
어쩌다 팔짱을 껴도 어색하다
그 짜릿함마저 흐무러져 버린
초로의 애틋한 추억만
잔잔한 영상 속에
아내의 모습만 흘러간다
　－「3미터 거리」 전문

「3미터 거리」는 시적 화자인 나와 아내와의 관계를 어떠한 기술이나
기교 없이 어설프고 어색할 만큼 솔직담백하게 있는 그대로 묘사한 작품

이다. 본래 젊었을 때는 아내의 모습이 내면의 아름다움도 예쁘고 외형의 아름다움도 예쁘지만 아이들을 갖고서 아내의 아름다움에 거리를 두었다는 진솔한 아버지들의 일상을 보여주는 솔직함이 있다. 슬쩍 웃음이 난다. 아내와의 사이에 지금은 3미터의 거리를 두고 있다는 의미는 역설적으로 보면 외형적 거리는 3미터 떨어져서 걷고 있지만 오히려 현재의 아내의 내면의 아름다움 그리고 미안함과 고마움을 은밀히 자랑하는 센스 있는 작품이다. 또한 은근한 맛과 매력이 있고 내면적으로는 3미터 좁혀진 거리를 걷고 있다는 은근한 사랑의 메시지라고 의미를 두고 싶다. 풀어보면 시인은 과거 자신들의 모습과 달리 "두 남녀/ 꼭 붙어/ 서로의 손길이 엉켜있"는 진보된 현대 젊은 연인들의 모습에서 이와 대비되는 나와 아내의 현재 모습을 발견하고, 미안하고 아쉬운 마음에 역설적 표현으로 "아이를 갖고 나니/ 우리는 사이가 멀어졌다"고 아이들 핑계를 대며 현대 아버지들의 지친 자화상을 간접적으로 보여주기도 한다. 그 결과 "나는 늘 3미터쯤 앞에 걷고/ 아내는 그 뒤를/ 아이와 함께 따른다". 그리하여 "초로의 애틋한 추억만/ 잔잔한 영상 속에/ 아내의 모습만 흘러간다"며 아내에 대한 인간적인 미안함과 사랑의 진심을 3미터 거리로 표현해 주고 있는 작품이다.

참으로 어려운 말이다
하지만
세상에 흔해
누구나 다 아는 그 말

나는 진실로

누구에게 사랑한다고
고백한 적이 있었던가

이 순간도 저 순간도
흐르는 물결인데
그 물결 어디 한 번이라도
거스른 적이 있었던가

내 곁에 있는
네가 내 사랑이야
　－「사랑 1」전문

　아내 혹은 사람에 대한 깊은 사랑의 정이 풍성한 작품이다. 어떤 현상
이나 사물을 보는 관점을 시적 포착점이라고 하면 그 관점에 옷을 입히는
행위를 언술이라고 할 수 있을 것이며 언술에 독특한 기교나 진한 화장
없이 독자들과 잘 어울리는 작품을 생산할 때 우리는 그것을 좋은 시라고
말할 수 있을 것이다. 위의 시 「사랑 1」은 독특한 화장법이 없는, 꾸밈없
이 있는 그대로 느낀 대로 쓴 아내 혹은 사람에 대한 휴머니즘적인 사랑
론이다. "나는 진실로/ 누구에게 사랑한다고/ 고백한 적이 있었던가" "흐
르는 물결인데/ 그 물결 어디 한 번이라도/ 거스른 적이 있었던가" "내 곁
에 있는/ 네가 내 사랑이야"에서 보면 사랑한다고 고백하고 싶어도 고백
하지 못한 안타까운 시인 자신의 모습을 표상하고 있다. 시인은 자연의
흐름에 한 번도 거스름 없이 순응하고 흐르는 대로 자연의 섭리대로 살아
왔지만 세상 사람들이 다 표현하고 있는 마음의 표현들을 하지 못하고 사

는 자신에 대한 회한을 토로하고 있다. 결국 시인의 곁에 있는 아내 혹은
사람들에 대한 애정으로 "내 곁에 있는/ 네가 내 사랑이야"로 귀결시키고
있다. 따스한 인간미 풀풀 나는 진솔함과 인간애 그리고 성찰을 고백적으
로 표현하고 있는 휴머니즘 작품이다. 시는 인간적 진실을 외면하면 시가
아니다. 왜냐하면 인간적 진실 속에서 우리들이 잃어버린 정감을 발견할
수 있기 때문이다.

>   나는 모든 것을
>   지울 수 있고 닦아낼 수 있는
>   그런 능력을 갖고 있다
>
>   나는 하얀 천사
>   부드럽고 보드라우며 향기가 깊다
>   가끔 화려한 옷을 입는 걸 좋아한다
>
>   나는 누구의 손길도 거절하지 않는다
>   늘 곁에 있으나 있는 듯 없는 듯
>   물 타면 물이요
>   바닥을 닦으면 걸레다
>
>   네가 나이고
>   내가 너다
>   －「휴지」 전문

「휴지」는 풍경이 있는 시, 화장이 없는 시로서 필자가 생각하는 좋은 시다. 좋은 시의 공통점은 소통이다. 시인이 느낀 것을 독자가 공감의 영역 속에서 같이 느끼는 것이다. 세상을 보고 느낀 시인의 감정을 혹은 시인의 메시지를 정확하게 전달하거나 받아서 비로소 내 것이 될 때 시인의 입장에서 우리는 그것을 소통이라고 할 수 있을 것이다. 소통은 아주 간단하고 단순한 말이다. 의견이나 의사 따위가 남에게 잘 통한다는 말이다. 특정되지 않은 타인에게 내 느낌이나 감정의 속성을 송두리째 제공할 수 있어 공감대를 형성하고 울림을 줄 수 있다면 적어도 소통에 성공한 작품 좋은 작품이라고 할 수 있다. 시인은 "나는 누구의 손길도 거절하지 않는다"고 했다. 그리하여 "늘 곁에 있으나 있는 듯 없는 듯" 귀하면서도 귀하지 않고 있으면서도 없는 듯 존재감 드러내지 않고 살아온 세월이지만 그 언제인가는 때가 되면 혹은 내가 필요할 때면 나는 "물 타면 물이요/ 바닥을 닦으면 걸레"가 되어 너를 깨끗하게 청소 혹은 맑고 밝게 하는 존재이다. 그리하여 "네가 나이고/ 내가 너다"처럼 '너'가 밖으로 표현되는 순간 너는 '나'가 되는 것으로 표현하고 있다. 휴지는 지우고 닦아주는 속성을 가지고 있다. 결국 자신과 사람들을 위해 지워주고 닦아주는 휴지의 본질과 시 밖의 나를 동일시하고 싶은 의지를 간접적으로 표현하고 있다. 본래 서정시는 안과 밖 나를 중심으로 이루어지는 독백 형식이다. 위의 시에서 보여주는 것처럼 휴지라는 매개체를 통하여 시인 자신의 안과 밖의 소통의 능력을 과시하고 민낯의 화장으로 나름의 시적 진실을 전달하려는 모습에 매력을 느낀다.

서정의 세레나데

대다수의 현대시는 서정시다. 서정시는 본디 악기에 맞추어 부르는 노래 가사를 의미했다. 현재는 좁은 의미에서 개인의 주관적인 순수한 정서와 감정 체험을 표현한 시다. 언어의 의미 전달 기능보다는 읽는 이들에게 감동을 주는 순수시와 깊은 관련이 있다. 박각순 시인의 전 작품들은 언어 자체의 순수성과 시징싱을 시향한 순수 서정시라고 말할 수 있다. 서정적인 생활 작품에 나타나는 소리와 풍경들은 주로 평범하게 살아가는 사람들의 일상을 담아냄으로써 많은 공감을 얻고 있다. 생활시가 내는 마음의 소리 그 소리는 아무나 들을 수 있는 것은 아니다. 순순한 정서를 소유한 자연을 닮은 사람들에게만 들리는 것이다. 그 자연의 소리는 이기적인 문명의 소리와는 상반된 위치에 있다. 그 소리는 단순 소박한 존재의 소리이다. 인간과 자연의 진실 그 자체이다. 진실은 단순하고 소박하다. 자연은 늘 사유하는 자의 곁에 있는 서정이다. 사유하는 서정시인 박각순 시인의 다음 작품들에서 언어 자체의 순수성과 서정성 그리고 자연을 닮은 마음의 소리들을 들어보자.

지웠다
지우개로 문지르고
물보다 진한 피로 지우고
하얀 페인트로 칠하고
여러 색깔을 혼합하여 지우고
끝이 날카로운 정으로 파내었다

하나를 지우면
또 하나가 가슴을 파고들고
수십 년 지우고 지우며
차가운 가을비 속에서
가슴 타고 흐르는 싸늘한
동백꽃 향기에 묻힌 위스키

가슴을 뜨겁게 불 지르는
남은 날들의 흔적들
　－「흔적」 전문

　서정시는 언어로 그려낸 그림과 같다. 상황은 물론 감성의 세밀한 묘사를 강조하는 말로 이해할 수 있을 것이다. 그렇다고 소위 미사여구나 관습화된 좋은 말을 권하는 것이 결코 아니다. 박각순 시인의 시에는 잔잔한 스토리가 있다. 또한 구체화된 스토리가 제자리에 안착할 때 비로소 서정적 시향을 얻을 수 있다. 스토리는 구체화된 이미지로 형성되기 때문이다. 사람의 삶 자체가 스토리이기 때문이다. 시인은 살아온 삶의 흔적들을 "지웠다/ 지우개로 문지르고/ 물보다 진한 피로 지우고" 그러다가 마음 하얗게 하얀 페인트로 지우고 또 지우지만 "하나를 지우면/ 또 하나가 가슴을 파고들고" 또다시 파고드는 고달픈 삶의 편린들의 연속인 인생사의 스토리는 아직도 "수십 년 지우고 지우며" 계속되고 있다. 그 아픈 세월들을 끝이 날카로운 정으로 파헤치지만 "가슴을 뜨겁게 불 지르는/ 남은 날들의 흔적들"은 멍에로 돌아온다. 아픈 흔적들을 오히려 뜨거운 가슴으로 승화시키면서 세월의 강을 건너고 있는 자화상의 허전한 모습으로 남기고 있다.

> 종량제 봉투에
> 주섬주섬 담아야 할 것들이 많다
> 새 봉투를 들고 눈 가는 곳을 보니
> 저걸 버려야 하나 망설여진다
> 한때는 혼신을 다해 만들었는데
> 그래도 버려야겠지
>
> 향기 속으로
> 꿈속으로
> 당신 곁으로
> 내 곁으로
> 마음속으로
> 봉투가 반쯤 찬다
>
> 무엇으로 채워 버릴까
> 제일 가까운 것
> 녹슨 정신을 담으면 꽉 차겠다
>
> 이제야 가볍다
> ―「종량제 봉투」전문

위의 시 「종량제 봉투」는 일상생활 속에서 흔히들 관심 두지 않는 종량제 봉투를 통해 자신의 마음의 욕심을 투영하여 비움과 가벼움으로 소통하고자 하는, 은은하게 삶을 달관한 내면 깊은 서정의 노래라고 할 수 있다. 다시 말해 사람들이 가볍게 눈여겨보지 않는 일상적인 생활용품인 종량제 봉투를 매개로 하여 감성에 호소, 그리하여 역설적으로 비움을 은근한 메시지로 주어 사람들의 공감대를 끌어내는 일종의 소통이라고 할 수 있다. 그것은 자기 자신 또는 타인과의 소통일 수도 있다. 생활은 시인의 시적 기반이 되기도 하지만 삶의 방향과 자아를 성장시키는 계기가 되기도 한다. 시의 궁극적인 목적은 감동을 공유하는 것이다. 우리의 일상생활은 채우고 또 채우는 연속의 과정이다. 역설적으로 이야기하면 버려서 비워야 할 것들도 많이 있다는 것이다. 비단 종량제 봉투에 담아 버릴 것들이 쓰레기뿐이랴. 일상적 삶을 사는 데 있어서 경종을 주는 혜안과 재치가 있는 시라고 생각이 든다. "종량제 봉투에/ 주섬주섬 담아야 할 것들이 많다" "한때는 혼신을 다해 만들었는데/ 그래도 버려야겠지" "봉투가 반쯤 찬다" "채워 버릴까" "제일 가까운 것/ 녹슨 정신을 담으면 꽉 차겠다" "이제야 가볍다"에서 그동안 삶의 욕심들을 내려놓고 비움의 미학을 실천하는 아름다운 모습을 보여주고 있다.

아픔도 상처도 없는
깊은 흉터
희미한 그림자 같은 그곳

그리움
밤새
찢어지는 아픔

한 가닥 한 가닥
허공을 엮어
이슬로 새벽을 연다
　-「거미」전문

　위의 시「거미」는 설명이 필요하지 않은 간명한 시이다. 일상직으로 어
둡고 칙칙한 여건 속에서 생활하는 거미를 묘사하는 능력이 뛰어나고 내
용이 잘 들어오는 간결하고 선명한 작품이다. 밤새 이슬을 맞고 어둠을
견디며 허공에 다리를 놓아야 하는 거미의 숙명적인 아픔의 극복과 그리
하여 새벽을 여는 일상의 모습들을 섬세하게 담으면서 일어난 단순한 행
위를 시제로 포착하여 인간사의 이야기로 비유 확장시키고 있다. 서정시
는 객관 세계의 일이나 사건을 내면화하며 주관과 객관의 융합을 추구한
다. 자연의 일부인 거미를 통해서 사람들의 내면을 표현하는 것 또한 서
정시의 본질이라고 할 수 있다. "깊은 흉터/ 희미한 그림자 같은 그곳"은
깊은 흉터로 아픈 진한 고통스러움이 "그리움/ 밤새/ 찢어지는 아픔"으
로 다가오지만 시인은 이에 좌절하지 않고 힘든 삶을 영위하기 위해 "허
공을 엮어/ 이슬로 새벽을 연다"는 희망의 메시지를 던져주고 있다.

　들녘의 황금 들도
　철새들 놀이터로 변했다

　하늘을 까맣게 수놓는 군무가
　석양 속의 수채화다

한 점의 그림 속
조용히 들여다보면
거기에 너와 나
인형놀이다
　-「인형놀이」전문

　　자연은 시대가 아무리 변해도 시적 영감을 제공하는 영원한 시의 원천
이다. 시인은 그 원천에서 자신이 언어로 진술하고자 하는 대상을 찾아
사고하고 탐구하며 발견한다. 이것이 시인의 인식이다. 시인의 인식은 자
아에 대한 것일 수도 있고 자연이나 우주에 대한 것일 수도 있다. 시인의
사명이 진실을 말하는 것임을 전제로 할 때 진실은 인간 자체임을 알아야
한다. 박각순 시인의 시 속에는 시인의 삶과 사유가 들어있다. 그리고 사
물과 자연에 대해 따뜻한 마음을 지니고 있다. 따라서 그의 시는 끊임없
는 자아 탐구와 내적 성찰로 시인으로서의 존재 인식을 표출하면서 따뜻
하면서도 풍요로운 감성의 세계로 인도한다.
　　위의 시「인형놀이」는 시적 공간이 황금 들판인 자연으로서 자연이 본
래 지니고 있는 아름다운 풍경과 그 속에서 사는 사람들의 온기를 인형놀
이라는 수단으로 포근하게 그려내고 있다. 어쩜 우리가 잃어버린 마음의
고향을 벌판에 흐드러진 수채화 같은 한 점 그림 속에서 하필이면 너와
나의 인형놀이라는 가상의 세계로 현실과의 괴리감을 일으키는 애틋한
마음을 발견하지만 어찌 되었든 서정의 한 폭 병풍 같은 이미지는 약간
허무하지만 건강함과 맑음으로 다가서기도 한다. 시인은 "들녘의 황금
들도/ 철새들 놀이터로 변했다"며 철새들과 시적 화자의 공간적 배경을

들판으로 잡고서 "하늘을 까맣게 수놓는 군무가/ 석양 속의 수채화다"라며 현실의 힘들고 어려운 모습들을 하늘에 까맣게 수놓은 군무로 표현한다. "한 점의 그림 속/ 조용히 들여다보면/ 거기에 너와 나"의 존재가 "인형놀이다"라고 한 것에서는 가상의 세계에서 존재하고 있는 모습들로 표현함으로써 공동체 현실과 함께 공유하지 못한 생활에 대한 괴리감을 보여주면서도 서정적 풍경만 막연히 그려내는 것이 아니라 인형놀이라는 대상 뒤에 숨은 의미를 입체적으로 보여주고 있기도 하다.

절제된 그리움 그리고 기다림

시 쓰는 일은 시인에게 있어 거울을 맑게 닦는 일이면서 욕심의 무게를 덜어내는 일이자 정신이 맑고 가벼워지는 일이다. 박각순 시인만큼 무한한 시 사랑을 보여주는 열정적인 사람은 드물 것이다. 일상생활의 소망과 자신만의 시혼을 찾아 부르는 서정의 노래들이 따습게 느껴지는 것은 아마도 시와 인간을 사랑하는 휴머니즘 때문이 아닐까 생각한다. 박각순 시인이 그린 풍경들을 보면 시인은 가족과 부모를 향한 처절한 그리움과 잃어버린 소중한 것들에 대한 안타까움을 토로하는 인간미 풍성한 시인으로 앉아있다. 일반적으로 사람들은 가슴속에 채우지 못한 빈터가 있고 채우지 못하고 또 이루지 못하기 때문에 그리움도 있게 마련일 게다. 때로는 맑은 마음 한 끝을 끌어내어 세상을 바라본다면 누군가가 찾아온 듯 때 묻지 않은 대상을 만나게 될 것이며 그 대상을 사랑하는 마음으로 바라본다면 그것이 곧 그리움이다. 그 대상이 부모와 자식과 아내일 때 더욱 그러하다. 그래서 사람들은 좋지 못한 추억을 더듬거나 또 지나온 기억 속에서 한 토막의 아름다운 사연을 잊지 못하면서 그것들을 소중하게 간직하고 가다가 꺼내 보며 그리워하는 것인지도 모른다. 그리움을 가지고 산다는 것은 그리움의 대상을 향해 은밀하게 혼자만의 길을 걷는 것일지도 모른다. 어찌 되었든 가족에 대한 미안함이든 그리움이든 삶의 아픔들을 풀어낼 수 있는 하늘이 있고 그 하늘 아래 서로가 서로를 그리워하며 함께 살고 있음에 아픈 회한들을 시로써 풀어낼 수 있음을 행복으로 느끼면서 살아가야 할 일이다. 사람들은 부모가 살아계시거나 또는 돌아가셨거나 아무리 나이가 많이 들었어도 부모 앞에서는 아이가 된다고들 한다. 아버지에 대한 그리움과 안타까움 그리고 회한의 모습들 잔잔한 다음 시를 살펴보자.

충청도 천안 성산 중턱에
아버지 흙집이 있다
일 년에 서너 차례 찾아뵙는다

준비한 음식을 상에 올리고
엎드려 절하며
이것저것 보고를 올린다
앞으로 진행할 것도 다 보고하고
또 두 손을 공손하게 마주하고
정성스레 반절을 한다

아버지 집을 떠나며
아까 보고드린 것 잘되게 해주세요

아버지 곁을 떠나가는 것이
무척 아쉽고 서운한 표정을 짓는다

지지리도 못난 나는
칠순을 앞에 두고도
일일이 아버지께 보고하고
도와달라고 매달린다

참 못났다
　-「아버지」전문

　사람들은 사람을 그리워하며 산다. 지나간 시절을 그리워하는 것도 아
니다. 지나간 어느 때 행복한 일을 그리워하는 것도 아니다. 사실은 지나
간 시절과 지나간 일 속에 있었던 사람에 대한 그리움이다.
　박각순 시인의 시에는 사람 중심의 애틋한 애정이 있다. 구구절절 표현
하고 있지 않지만 무엇인가 따스함과 그리움이 묻어난다. 특히 아버지에
대한 이미지는 애잔하다 못해 눈물겹다. 위의 시 「아버지」에는 유년 시절
부터 습관처럼 아버지께 행하여 왔던 일상의 모습들이 지금도 그대로 녹
아 있다. 그렇다. 그리움이란 남에게 꾸어 올 수도 꾸어줄 수도 없는 자신
만의 위안일지도 모른다. 그리움의 대상인 아버지에게 시인의 일상에 대
한 소망을 기원하면서 또 한편으로는 스스로를 못났다고 자책하는 회한
뒤에 남는 허전함의 빈터는 얼마나 무거웠을까. "엎드려 절하며/ 이것저
것 보고를 올린다". 살아생전 아버지께 늘 행하던 시인의 모습이다. 아쉬
움과 회한 그리고 그리움이 물씬 풍긴다. "아버지 집을 떠나며/ 아까 보고

드린 것 잘되게 해주세요". 아버지는 모든 것을 풀어주고 해결해 주는 절대자로서 때로는 위안자로서 가슴에 존재하고 있음을 그리고 의지하고 있음을 보여주는 구절이다. "아버지 곁을 떠나가는 것이/ 무척 아쉽고 서운한 표정을 짓는다" 그리고 "지지리도 못난 나는/ 칠순을 앞에 두고도/ 일일이 아버지께 보고하고"처럼 부모 앞에서는 어린아이가 되기도 하고 또 칠순의 나이에도 풀지 못한 삶의 숙제를 들고 와 "도와달라고 매달"리는 "참 못"난 자신에 대한 안타까움의 자책도 있지만 그만큼 절대적으로 의지하고 싶은 아버지에 대한 그리움의 산출이라고 할 수 있다.

> 일 년에 몇 번
> 매번 하루 전부터 시장을 누빈다
> 이제는 중년이 돼가는 딸
> 환한 미소로 한 보따리 가득 싸안고
> 천사들과 들어선다
> 고사리손으로 쪼물쪼물 만들며
> 까르르까르르
> 집안에 봄 햇살이
> 바람과 같이 따스함과
> 훈훈한 사랑을 펼쳐놓는다
> 아! 저기
> 할아버지 할머니가 웃고 계신다
> 오늘은 제삿날
> ―「가족 모임」 전문

언제인가부터 가족이 모두 모인다는 것은 참 어려운 일이 되었다. 바쁘게 사는 요즘 같은 시대에는 더욱더 그렇다. 집안마다 다르겠지만 제사라는 형식이 부모에 대한 추모와 그리움의 의미도 있지만 떨어져 생활하는 가족 간 만남의 매개체가 되는 것도 어쩜 좋을 일이다. 그런 측면에서 가족은 때로는 시원한 폭포 같은 기쁨을 주기도 한다. 가족이라는 말처럼 따뜻하게 우리를 위로해 주는 말도 없다. 특히 나이가 들면 들수록 가족이 주는 힘과 기쁨은 더욱 커진다. 그래서 우리는 가족이라는 깊은 우물 속에서 길어 올린 맑고 달콤한 추억의 물을 마시면서 살아간다. 위의 시 「가족 모임」에서 일상의 풍경들을 보면 가족 제사를 위해 "일 년에 몇 번/ 매번 하루 전부터 시장을 누빈다". 더불어 시집을 간 딸이 어린 손자들과 함께할 수 있는 기회를 만들어준다. "집안에 봄 햇살이/ 바람과 같이 따스함과/ 훈훈한 사랑을 펼쳐놓는다"는 그동안 반복되는 생활로 눅눅했던 삶에 단비 같은 웃음과 행복을 털어주는 손자들의 재롱으로 함박웃음 가득한 훈훈한 장면이다. 이처럼 인간미 넘치는 삶의 모습들 속에서 우리가 추구하는 것은 가족의 행복과 아름다움이다.

고향 친우들과 모처럼의 술자리다
세 병 이상 마시는 주당들
온통 자식들 얘기다
의사다 교사다 중소기업 사장에
며느리에게 용돈을 받았단다
참을 수 없이 북받쳐 벽에 기대어 흐느낀다
순간 음식점이 조용하다
벗들은 아무렇지도 않은 듯 술 마시고

모든 시선이 나에게 집중되어 있다
슬그머니 자세를 바로 하고
술잔을 잡으니 다시 세상이 돌아간다
나는 아직 마흔 넘은 아들
장가도 보내지 못한 못난 애비다
 -「못난 아버지」 전문

　위의 시 「못난 아버지」는 여느 아버지들도 그렇듯이 혼기를 놓친 자식을 둔 아버지의 무거운 가슴에 희망을 챙겨줄 새털같이 가벼운 행복을 기다리는 박각순 시인의 부정이 물씬 풍기는 애틋한 작품이다. 살면서 모자라고 부족한 것이 있을 때 그것을 채워줄 수 있는, 그리하여 어리광도 피울 수 있는, 어떠한 어려움이나 하소연도 받아줄 수 있는 존재가 아버지이다. 부모의 마음은 부모가 된 이후에야 비로소 알 수 있다고 했다. 중요한 것은 그러한 아버지의 가슴을 닮아가야 한다는 것이다. 고향 친구들을 모처럼 만나 술자리를 펴면서 "온통 자식들 얘기다/ 의사다 교사다 중소기업 사장에/ 며느리에게 용돈을 받았단다" 등 자랑 아닌 자랑을 늘어놓는 친구들의 모습에서 자신이 처해있는 현실을 마주하며 지나온 삶에 대한 후회 그리고 부러움에 "참을 수 없이 북받쳐 벽에 기대어 흐느낀다". 아쉬움과 안타까움이 동반되는 시인의 모습 혹은 등 굽은 아버지들의 뒷모습이다. "나는 아직 마흔 넘은 아들/ 장가도 보내지 못한 못난 애비다"라고 자책도 하지만 "술잔을 잡으니 다시 세상이 돌아간다"며 또다시 일어서고 있는 희망의 아버지로서 부정과 휴머니즘을 보여주고 있다.

　따르릉~

오늘 늦을 테니
아들과 저녁을 하란다

상의 끝에
근처 국밥집을 찾았다

아들은 곰탕
나는 돈가스 소주 한 병
기억에 아들과 둘이
외식하는 것은 처음이다
큼지막한 돈가스를 아들에게 잘라준다

세상살이 나누지만
예, 아니요
단답형에 대화가 단절이다

내 한쪽의 생이 안타깝다
　－「나와 다른 아들」 전문

　위의 시 「나와 다른 아들」에는 아버지의 애틋한 부정이 모처럼 아들과
함께 먹는 국밥 한 그릇에 투영되고 있다. 정적이 감도는 가운데 아버지
와 아들의 어색하면서도 묘한 분위기가 창출되는 작품이다. 그 정적을 소
주 한 병으로 풀어보려 하지만 쉽지는 않다. 서로 감사하고 고맙고 사랑
스러운 깊은 마음은 무엇으로 비교할 수 없을 정도로 충만한데 그동안 대

화가 없었던 것이다. 남의 일이 아니다. 우리 아버지들의 일반적인 자화
상일 수도 있다. 자식은 언제인가는 아버지가 되고 그 아버지는 다시 그
아버지의 아버지가 된다. 이것은 세월의 힘이며 삶의 순리이다. 누구도
거부할 수 없을 뿐만 아니라 당연한 수순이기도 하다. 우리 인간의 삶이
다하는 그 순간까지 우리들의 깊은 가슴에 새겨져 있는 것이 부모 그리
고 자녀에 대한 상호 애정과 사랑이다. "기억에 아들과 둘이/ 외식하는 것
은 처음"이지만 모처럼 아들과 함께 "상의 끝에/ 근처 국밥집을 찾았다".
어색하지만 또한 설레는 풍경이다. "큼지막한 돈가스를 아들에게 잘라준
다"에서는 사랑 깊은 부정의 진정 아름다운 모습을 엿볼 수 있다. 시인의
참모습이다. 그렇지만 마흔이 넘도록 장가를 보내지 못한 작금의 현실에
서 "내 한쪽의 생이 안타깝다"는 마지막 구절의 표현은 아들에 대한 시인
의 안타까움과 미안함 그리고 아버지의 따뜻하고 깊은 애정과 애틋함이
있는 풍경이다.

문 닫고 나가다

시인은 시 창작과 일상생활에 있어서 파란 신호등 같은 사람이다. 필자
는 '일상의 소망과 시혼을 위한 서정의 세레나데'라고 주제를 달면서 읽
어보았다. 서두에 이야기했지만 시인은 생활과 시적 영혼이 자유스러운
사람이다. 그의 시 작업에 있어서는 어떠한 형식이나 정형의 틀로 얽매
거나 강요해서는 안 될 시인이라고 감히 말을 했다. 왜냐하면 시인은 일
상생활이 곧 시로 쓰이고 또 독특한 기교의 화장법 없이 진술하게 생산된
다량의 시들이 시인의 생활 모습들과 일치되는 진정성 있는 생활 시인이

기 때문이다.

박각순 시인은 고정된 틀이나 형식에 얽매이지 않는 자유스러운 서정적 영혼의 소유자이다. 부모에 대한 그리움, 자식들에 대한 안타까움과 사랑, 부정, 아내에 대한 고마움과 미안함, 친구들에 대한 애틋한 우정, 지나온 삶에 대한 회한, 가끔씩 찾아가는 산사의 고요함에 자기성찰을 통한 자아 찾기 등으로 이 시집을 구성하였다.

종합적으로 시인의 작품 특성은, 하나, 행동이 바탕이 되어 독특한 기교나 화장기 없는 민낯의 서정 노래이다. 둘, 내면적으로 여성성이 강한 경향이 있다. 셋, 절대적인 그리움이 작품의 근간을 이루고 있다. 넷, 실존 인간 중심의 따뜻한 사랑과 인정, 즉 휴머니즘이 깔려있다.

이제야 시인이 술을 좋아하는 이유를 알 것 같다.

그 어느 날 술 한잔 해야겠다.

| 수록 그림 |

앞표지 향연, 문인화

뒤표지 그리움, 72.7×53.0cm, watercolor on paper

p.11 사랑, 116.8×80.3cm, watercolor on paper

p.12 휴식, 72.7×53.0cm, watercolor on paper

p.15 눈 오는 날, 53.0×45.5cm, watercolor on paper

p.17 동행, 116.8×80.3cm, watercolor on paper

p.20 휴식 2, 116.8×80.3cm, watercolor on paper

p.25 매리골드, 53.0×45.5cm, watercolor on paper

p.28 기다림, 53.0×45.5cm, watercolor on paper

p.33 환희, 53.0×45.5cm, watercolor on paper

p.38 바닷가에서, 53.0×45.5cm, watercolor on paper

p.41 설렘, 90.9×65.1cm, watercolor on paper

p.43 여름 어느 날, 53.0×40.9cm, watercolor on paper

p.45 합창, 53.0×45.5cm, watercolor on paper

p.49 외출, 116.8×80.3cm, watercolor on paper

p.52 그리운 그곳, 53.0×40.9cm, watercolor on paper

p.55 동행, 116.8×80.3cm, watercolor on paper

p.57 기다림, 116.8×80.3cm, watercolor on paper

p.60 가을 들녘, 116.8×80.3cm, watercolor on paper

그린이_ 정미경

개인전 6회
2017~2019년 대한민국미술대전 우수상, 특선 2회
2021년 대한민국문화미술대전 국무총리상
2021년 대한민국수채화공모대전(수채화작가협회) 국회의장상
대한민국미술대전 초대작가, 심사위원
남농미술대전 초대작가, 심사위원
광주시전 추천작가, 심사위원
대한민국나라사랑 운영위원, 초대작가, 심사위원
대한민국미술대상전 운영위원, 초대작가
전라남도미술대전 초대작가
순천미술대전 초대작가
현재 (사)한국미술협회 회원